APPARITION AV CARDINAL MAZARIN DANS BOVILLON, DE L'OMBRE DE SON Neueu Manchiny retourné des Enfers, pour l'exhorter à bien faire, & sa rencontre auec Saint Maigrin en l'autre monde.

APPARITION
AV
CARDINAL MAZARIN
DANS BOVILLON,
DE L'OMBRE DE SON

Neueu Manchiny retourné des Enfers, pour l'exhorter à bien faire, & sa rencontre auec Saint Maigrin en l'autre monde.

APPARITION

au Cardinal Mazarin dans Bouillon, de l'ombre de son Neueu Manchiny retourné des Enfers, pour l'exhorter à bien faire, & sa rencontre auec Saint Maigrin en l'autre monde.

Mon cher Oncle, à part tout respect,
(Aussi bien il seroit suspect)
A part le rang & l'Eminence,
(Car les morts ont toute licence)
Ie puis sans peur d'estre batu
Vous traitter desormais de Tu.
Tu sçauras donc : mais quelle crainte
Sur ton visage paroist peinte?
Quoy! tu trembles à mon abord?
Toy? toy, qui fais tant l'esprit fort,
Tu t'esmeus tout de peur d'vn Ombre?
Toy, qui pretens estre du nombre
De ces grands & braues Romains,
Qui sçauent sur tous les humains,

L'art de regir la tere & l'onde?
Ne crains plus, ie reuiens au monde,
Pour te dire ce que i'ay veu,
Mon Oncle ie suis ton Neueu,
Ce Neueu que la medisance
Nomme ton fils, du moins en France,
Veu le grand bien que tu me fis:
Mais ton Neueu sois je, ou ton Fils,
Sois tu mon Oncle, ou bien mon Pere,
Faut-il que l'on te desespere
A force de t'en appeller?
Pour moy, ie viens te consoler,
Et principallement t'apprendre
Des choses qui vont te surprendre:
Mais, qui seruiront pour ton bien,
Escoute donc & ne crains rien
Tu dois sçauoir, ô grand Ministre,
Que depuis l'accident sinistre,
Qui dans ce malheureux conflit,
Me porta de la terre au lit,
Et du lit dans la sepulture.
Malgré faueur, age & nature,
Dont tes sens furent ébahis
On m'a bien fait voir du païs,
Plus que ie n'en vis de ma vie,
Et que ie n'en auois enuie.
Ie tombay pouf en vn moment
Sans nul mal, ie ne sçay comment,

Si bas, bas, bas, dans vne plaine,
N'ayant plus de poulx, ny d'haleine,
Les membres secs, & tous ternis;
I'y cherchay d'abord saint Denis,
Et ie ny vis ny bourg ny ville,
Mais ie ne sçay combien de mille
Ou plustost de millions de gens
Pasles, trancis, secs, negligens,
Tous faits d'vne estrange maniere,
Qui sur le bord d'vne riuiere
Demandoient vn certain bateau
Pour passer promptement cét eau,
Ie fus tout d'vn coup bien en peine,
Si c'estoit le Tybre ou la Seine
Fleuues, que i'ay tousiours cheris,
L'vn à Rome, & l'autre à Paris:
Mais ce passeur ayant fait gile,
Il me souuint de mon Virgile,
Du Cocite, Stix, Acheron,
Et de la barque de Caron,
Où passa Monseigneur Enée
Pour voir la troupe fortunée
Du bon homme Anchise & des siens
Dans ces beaux Champs Elisiens.
Me voicy donc (dis-je en moy-mesme)
Nonobstant ma faueur supréme,
Me voicy tout pres des enfers,
Sur le poinct de porter les fers?

Lors voyant cette affreuse mine,
Cette barbe à la Capucine,
Ces longs cheueux tous verds & gras,
Ces grandes iambes, ces grands bras,
Ce visage en tout effroyable,
Ie pris ce Caron pour vn Diable,
Et fis vn grand signe de Croix;
Mais i'eus belle peur de sa voix,
Lors qu'il me dit d'vn ton horrible,
Vn grand qui va-là si terrible,
Que ie pensay m'esuanoüir
Trois ou quatre fois de l'oüir;
Qui va-là? (me dit-il) qui viue,
Planté sur sa bourbeuse riue?
Et moy bien loin de luy parler,
Ie ne faisois rien que trembler.
Qui viue (cria-til encore)
Respondés Monsieur de la Pecore,
Vous pensez faire icy le fin,
N'estes vous pas vn Mazarin?
A ce mot ie ne sçeus que dire,
Car ce n'estoit pas mot pour rire,
Et sans espoir d'aucun salut,
Ie ne respondis que par Chut,
Enfin de peur de luy deplaire,
Et le voyant mettre en colere,
Ie dis d'vn bas & triste ton
A ce battelier de Pluton,

Ie ſuis, ſauf voſtre Reuerence,
Le Neueu de ſon Eminence.
Qui (s'eſcria ce furieux,
Ouurant contre moy de grands yeux)
Le Neueu de ſon Eminence?
Alors changeant de contenance,
Et commençant de filer doux,
Il me dit; bienuenu chez nous,
Vous arriuez à la bonne-heure,
Approchez donc, ie vous aſſure,
Que vous allez eſtre chery
Comme Monſieur le Faubry
D'vn grand Prince, d'vn Roy de France
Demeurez dans cette eſperance,
L'on ſçait icy vos qualitez,
Et tout ce que vous meritez
Voſtre nom eſt ſur mes tablettes
En groſſes Lettres, & bien nettes,
L'on vous appelle Manchini,
Tous ces noms terminez en Ni
Sont remarquez ſur tous les autres,
Approchez, vous eſtes des noſtres,
I'ay meſme exprés commandement
De vous receuoir promptement
De la part du Roy noſtre SIRE,
Qui commande ce grand Empire
Venez beau Mignon ſans defaut,
Vous ſerez traitté comme il faut;

Ce ne sont pas choses friuoles.
Ie creus à ces douces paroles.
Que ce vieillard entroit en Rut;
Et que c'estoit lors tout son but
De me faire quelque folie
A nostre mode d'Italie,
Ie m'eschapay d'abord tout doux,
Serrant bien fesses, & genoux,
Quand d'vne voix comme vn tonnere,
Qui fit trembler toute la terre,
Quoy! (dit-il) Mignon pretendu
Vous faites icy l'entendu,
Entrez promptement dans ma barque,
Prenez cette Paille pour marque,
Et dites point de Mazarin,
Autrement; moy, i'en pris vn brin
De peur que i'eus de ses menaces,
Ou de ses horribles grimaces
Et ie dis tout ce qu'il voulut,
Pensant mieux faire mon salut.
Pardon cher Oncle ie t'en prie,
Car ie le fis par fourberie,
Comme par force & malgré moy
Ce fut dans vn si grand esmoy
Que ie passay cette Riuiere
A l'éclat d'vn peu de lumiere,
Et ie vis (comme l'on peut voir,
Dans la nuit claire ou iour fort noir)

Des

Des monſtres auſſi deteſtables
Qu'ils me ſembloient eſpouuentables,
Ie vis dans ce lieu ſouſterrain
Ie ne ſçay quel diable de train,
Les ſonges pleins de reſueries,
Les noirs lits des Dames Furies,
La Chimere auec ſon grand feu,
Les Scylles doubles, c'eſt trop peu,
I'y vis l'horrible Hidre à ſept teſtes,
Les Centaures hommes & beſtes,
Lôbre à trois Corps non guere humains,
Le grand Briarée à cent mains,
Les Gorgonnes & les Harpies,
En Originaux ou Copies,
Et tous ces Monſtres dont Maron
Parle auant parler de Caron:
Mais ſans dementir ce grand homme,
Le plus ſçauant de noſtre Rome,
Et qui fut en ſi grand credit,
Ie n'y vis point tout ce qu'il dit,
Par ce que, la mort, ny la guerre:
N'eſtoient pas là deſſous la terre,
Mais bien deſſus, car en viuant
Ie les voyois auparauant
Triompher par toute la France
Sous l'appuy de ton Eminence.
Pour Cerbere ie l'y vis bien
Cet horrible & monſtrueux Chien

Dont l'attaque eſt fort importune,
Il dormoit de bonne fortune,
D'auoir beu du vin au lieu d'eau
En ce fameux & grand Cadeau
Que Pluton trouua fort idoine
Apres le combat ſaint Antoine:
Mais encor que ces viſions
Te ſemblent des illuſions,
Elles ſont pourtant veritables,
I'y vis trois Iuges équitables,
Qui ſont à te parler bien net,
Trois teſtes dans vn ſeul bonnet,
Qui ne font rien digne de blame,
Ny pour Monſieur ny pour Madame,
Radamante, Æacus, Minos,
Tous trois vieux & ſecs comme vn os,
Æacus, Minos, Radamante,
Dont la mine n'eſt point charmante,
Minos, Radamante, Æacus,
Qu'on ne gagne point par eſcus,
Par Dignitez ny par Offices,
Par Penſions ny Benefices,
Comme tu gagnes finement
Eſpée, Egliſe, & Parlement:
Marque cependant cette chaſſe,
Tandis qu'à ma ſuite ie paſſe.
Ces Meſſieurs me voyant honteux,
Et tout entrepris deuant eux,

Preſſez d'ailleurs d'autres affaires
Plus grandes & plus neceſſaires
D'vn nombre innombrable de morts,
Qu'il leur falloit iuger alors.
Par vn Huiſſier me firent dire
De parcourir leur noir Empire
Depuis l'vn iuſqu'à l'autre bout,
Et de t'aller raconter tout,
Pour augmenter ta peine extreſme
Par les peines de l'Enfer meſme;
C'eſt à toy donc à m'eſcouter
Puis que ie te vay rapporter
Mille & mille diuerſes choſes,
Qui dans ces bas lieux ſont encloſes,
Cher Oncle, ah! que ie fus ſurpris
De voir tant de ſortes d'Eſprits,
Et tant d'actions differentes
Des Ombres en ces lieux errantes.
I'y cherchay ces gens fabuleus
que dans les Poëtes i'auois leus,
Et ie trouuay qu'au lieu de Fables
C'eſtoient des comptes veritables
I'y vis l'inſolent Ixion
Pour ſa vilaine paſſion
Tourner ſans ceſſe auec ſa Roüe,
Et faire vne effroyable moüe,
Tandis que luy meſme ſe fuit,
Et que luy meſme ſe pourſuit.

Ie vis dans la trouppe damnée
Ce vain, & fou de Salmonée,
De qui l'esprit trop orgueilleux
Se seruit de l'art merueilleux
De contrefaire le tonnerre
Pour paroistre vn Dieu sur la terre;
Mais ie trouuay bien en ce lieu,
Qu'il est vn Diable, & non vn Dieu.
Ie vis le criminel Tantale
Dans sa Penitence fatale,
Qui bruslant de soif parmy l'eau
Tendoit son auide museau
Pour tascher d'en prendre sans doute,
Et n'en prenoit pas vne goute,
Ie vis vn affamé Vautour
Paistrir & manger nuict & iour,
L'immortel & renaissant foye
Du Geant qui luy sert de proye.
Ie trouuay sans beaucoup chercher
Sisyphe auec son gros Rocher.
Qu'il rouloit depuis la Campagne
Iusqu'au sommet d'vne montagne
Disant ahan à chaque pas
Puis le laissoit aller en bas,
Ie vis ce Voleur dans ses routes
Suer sans cesse à grosses goutes,
Et pleurer comme vn pauure veau
Dans ce trauail tousiours nouueau.

I'y vis la troupe Gigantine
Qui ne fait plus tant la mutine,
Et ce grand diable de Tiphon
Plus fletry qu'vn pauure chifon,
Depuis qu'vn grand coup de tonnere
Le culbuta de l'air à terre,
Et de la terre aux noirs Enfers,
Où le sot tremble dans les fers.
I'y vis aussi les Sodomites
Boüillir dans de grandes marmites,
Qui ne laissoient pas, les vilains,
De me faire signe des mains,
Nonobstant leur horrible peine.
I'y vis vne troupe Romaine,
Toute sorte d'Italiens,
De Grecs, & de Siciliens,
qui souffroient dans vn vaste gouffre
Vn grand feu de poix & de souffre.
Cela me fit trembler d'effroy,
Mon pauure Oncle, prens garde à toy,
Car tu sçais qu'en nostre Patrie
Ce n'est qu'vne galanterie
De folastrer de cent façons
Auec les beaux ieunes garçons:
Mais i'y vis ces belles Foireuses
Ces Reines iadis amoureuses,
qui souffrent pourtant nuict & iour
Les peines de leur fol amour.

I'y vis cette ſuperbe Reine
Qui pour regner en Souueraine
Prit l'eſpée & l'habit d'vn Roy
Et tint ſes ſujets dans l'effroy;
Mais par vne fureur extreſme,
Ayant trop aymé ſon fils meſme,
Cette infame Semiramis
Perdit ſon Sceptre & ſes amis.
I'y vis cette chaude Princeſſe
A qui le cul bruſloit ſans ceſſe,
Qui cherchant vn plaiſir nouueau
Prit pour ſon galan vn grand Veau,
Et monſtra bien par cette attache
Qu'elle eſtoit vne grande Vache,
De parer ſon pauure mary
Des cornes d'vn tel Fauory,
Et par cette laſche conqueſte,
Laiſſer vn Roy pour vne beſte;
Parce qu'vne beſte eut dequoy
La ſatisfaire mieux qu'vn Roy.
Ie vis là cette belle Lede,
Qu'vn Cygne trouua plus que tiede,
Lors qu'il luy forma dans les flans
Deux œufs, qui firent quatre enfans.
I'y vis ſa fille l'infidelle,
Qui fit iadis tant parler d'elle,
Et qui plus belle que le iour,
Sçeut par le feu de ſon amour

Allumer le feu de la guerre,
Tant au Ciel, comme sur la terre,
Le feu parmy ses Citoyens,
Et le feu parmy les Troyens,
Dont leur Ville fut toute pleine
Pour cette diablesse d'Heleine,
Qui pour aimer vn seul Paris
Auroit quitté trente Maris.
I'y vis la Veuue si fragile,
Qui fait tant de bruit dans Virgile,
Cette grasse & grosse Dondon,
La belle Madame Didon,
Qui iettant bien loin son veuuage
Pour faire vn drolle de mesnage,
Rendit bien-tost son cœur captif
Aux caresses d'vn fugitif,
D'vn estranger bigot & traistre,
Qui sans peine deuint le maistre
Et de son corps & de son bien,
Puis la quitta sans dire rien:
Dont apres vn si grand outrage
La folle se tua de rage,
Esteignit au feu d'vn buscher
Son feu pour vn ingrat trop cher.
I'y vis la belle Egyptienne,
Ou plustost cette bonne Chienne,
Qui tenoit jadis dans ses mains
Le destin de nos vieux Romains,

Et triomphoit, pour ainsi dire,
Des triomphes de leur Empire,
En triomphant du plus grand Cœur
D'vn Cezar triomphant vainqueur;
Et pensoit triompher de l'autre,
Mais l'autre estoit vn bon Apostre,
Qui pour mieux d'Elle triompher,
Luy fit oster poison & fer;
Cependant elle fut rauie,
N'en pouuant triompher en vie,
D'auoir vn moyen bien accort
Pour en triompher en sa mort,
Comme elle auoit bien plus d'vn lustre
Triomphé de ce Marc illustre,
Qui fit triompher son amour
En perdant pour Elle le iour.
Ie la vis, cette Cleopatre,
Qui seule en valoit plus de quatre
Autrefois en authorité;
Mais le regne de sa beauté
Ne fut qu'vn regne de ce monde,
Et là dans vne nuict profonde
Cette belle Reyne n'a plus
Ses attraits vains & superflus.
I'y vis prés de là sa voisine,
Cette lubrique Messaline,
Qui jadis eut pour Estalon
Mnester, vn simple Pantalon,

Et

Et Narcisse vn chetif Esclaue
Qui fit bien tost apres le braue.
Car en effet il est certain
Qu'alors cette auguste Putain
Couroit par tout la pretentaine,
Aymant Soldat, & Capitaine,
Et laissoit son Claude endormy,
Pour aller chercher vn amy
Au milieu d'vn Bordel infame,
Où cette grande & ieune Dame
Passoit presque toute la nuit
Pesle-mesle dans le deduit,
Se laissant baiser au moindre homme
Qui fust en ce temps là dans Rome,
Pourueu qu'elle eust argent au bout;
Car cét argent fait tout par tout,
Puis l'insatiable Caliste
S'en retournoit bien souuent triste
Apres tant de plaisirs passez
De n'en auoir pas pris assez,
Et trouuoit au lit sa Pecore
De Cornard qui dormoit encore,
Et ne s'esueilloit qu'à l'odeur
De sa Louue pleine d'ardeur,
Dont la puanteur nompareille
Luy faisoit secoüer l'oreille.
Iules, ne sois pas ensoucy;
Qui m'a fait ce bon compte icy,

E

C'eſt Iuuenal, dont i'ay memoire,
Qui t'en dira toute l'hiſtoire,
Comme ie l'ay priſe de luy,
Car alors, non plus qu'auiourd'huy,
Les Romaines, *id eſt*, les noſtres,
Ne valoient pas plus que les autres,
Et chacune dans ſon quartier
Se meſloit de ce beau meſtier.
N'ay-ie pas veu parmy les flammes
La bas tant d'autres de nos Dames,
Qui viuoient autrefois ainſi?
Agrippine en eſtoit auſſi
Cette ſuperbe ambitieuſe,
Qui ne fut iamais ſoucieuſe
Que ſon fils luy rauit le iour,
Pourueu qu'il regnaſt à ſon tour
De fait cette vaine Princeſſe
N'eut iamais ny plaiſir ny ceſſe
Qu'vn cher morceau de potiron
N'euſt fait ceder Claude à Neron,
Dont elle fut ſi fort eſpriſe
Qu'elle fit depuis l'entrepriſe,
Et l'eſſay tout en meſme temps
Pour rendre ſes deſirs contens,
Baiſant ſon propre fils en garce,
Pour taſcher d'acheuer la farce,
Qu'elle ioüoit ſecretement,
Pour trouuer ſon contentement,

Auec Pallas son adultere,
Dont Rome, enfin sçeut le mistere.
O Dieux, que i'en ay veu la bas;
Mais qu'est-ce que l'on n'y voit pas?
I'ay veu la putain de Pompée,
Qui faite comme vne poupée,
Fit souuent cocu (ce dit-on)
Deux maris Ruffe auec Othon,
Et puis espousa Neron mesme,
Pour en faire vn cocu supreme,
Qui de sa part ne manquoit pas
D'en faire d'autres hauts, & bas:
Mais tout à propos de sa vie,
I'oubliois la belle Liuie,
Qui s'en alla le ventre gros,
De chez vn sot, chez vn heros,
Et quita Neron pour Auguste,
Ce qui ne fut ny beau ny iuste.
I'oubliois encor en passant
Vn Esprit qu'on crût innocent,
I'entens cette adroite Vestale,
Qui de sa grossesse fatale
Prit pour pretexte le Dieu Mars,
Ce fut plutost quelque bon gars,
Dont on n'a point de connoissance,
Qui luy sçeut bien remplir la pance,
De deux garçons tout à la fois,
Dont l'vn fut le chef de nos Roys,

Et fonda Rome auec colere,
Sur le sang mesme de son frere.
Que l'on ne s'estonne donc point,
Si nous aimons au dernier point,
Soit concubin ou concubine
Puisque Rome a pris origine
D'vne garce, & de deux bastards
Qui furent sans doute paillards,
Comme l'auoit esté leur mere,
Et comme auoit esté leur pere.
D'ailleurs sommes nous pas venus
De l'archigarce de Venus
Qui passoit jadis pour deesse?
Maintenant c'est vne diablesse,
Comme cent mille autres Beautez,
Dont les traits sont bien mal-traitez.
Car on void ces Laïs changées,
En des Megeres enragées,
Qui feroient horreur à tes yeux,
Si tu les voyois en ces lieux,
Comme en des cauernes profondes.
Ie laisse à part les Fredegondes,
Auec leurs infames Landris,
Fausses femmes, & faux maris,
Voluptueux, voluptueuses,
Incestueux, incestueuses,
Ces Dognas qui pour quelque prix
Ont vendu de ieunes esprits,

Coquets

Coquets, Coquetes infidelles,
Tous Maquereaux & Maquerelles,
Courtiſanes & Courtiſans,
Car ie ne ſçaurois en dix ans
Te les nommer ny tous ny toutes:
Mais cependant que tu m'eſcoutes,
Apprens de moy la verité
De ces Grands de l'Antiquité,
Qui par le ſçauoir ou la guerre
Ont fait tant de bruit ſur la terre;
Tu ſçauras que depuis leur mort
Ils ont tous bien changé de ſort,
Et que leur fortune eſt bien baſſe
Dans ce bas monde de diſgrace:
Tu riras trop de le ſçauoir,
Comme ie riois de les voir,
Car ſeulement de te le dire
Ie ne puis m'empeſcher de rire:
C'eſt là que ce puiſſant Nembrot,
Qui faiſoit jadis d'vn ſeul mot
Trembler de crainte le plus braue,
Maintenant comme vn pauure eſclaue
Au lieu d'vn beau ſceptre à la main,
Il n'a qu'vn torchon bien vilain,
Dont il taſche d'oſter les crotes
Soit des ſouliers, ou bien des botes
De Monſeigneur le Roy Pluton,
Dont Ninus eſt le Marmiton,

Et Sardanapale l'infame,
Qui fut autrefois homme-femme,
Fort delicat, & grand Coüard,
Il eſt là bas grand Gadoüard,
Et dans ſa vilaine beſogne
Fait encor plus vilaine trogne.
Ce grand Nabuchodonoſor,
Qui parloit tant de ſon treſor,
De ſon Empire, & de ſa force,
Il eſt là ſec comme vne eſcorce,
Mourant de faim, mais ſans mourir,
Sans qu'aucun l'aille ſecourir.
Baltazar ſon Neueu de meſme
Y vit dans vne peine extreſme,
Et n'a garde d'y boire tant,
Comme il faiſoit en banquetant,
Lors qu'vn bras traça par miracle
Contre vn mur ſon funeſte Oracle.
Pour Cyrus, ce grand Conquerant,
N'eſt là qu'vn Cheualier errant,
Pauure Cheualier à Marote,
Semblable en tout à Dom Quichote,
Qui fait mille tours de fureur,
Bien loin de faire l'Empereur:
Mais Creſus qu'il chaſſa du trône,
N'eſt pas mieux eſtant à l'aumône,
Contraint de mandier ſon pain,
Pour ſe garantir de la faim,

A cause qu'il deuint trop chiche,
Et de bon Prince, mauuais Riche.
Quant à Xerxes, ce puissant Roy,
Qui faisoit tout trembler d'effroy,
Et séchoit mesmes les Riuieres;
Il a souuent les estriuieres:
Et iamais vne goutte d'eau:
Aussi maudit-il son bandeau,
Auec son Sceptre & sa Couronne,
Dans le grand mal qui l'enuironne,
Qu'il tasche par fois d'adoucir
En criant du noir à noircir.
Darie y fait cent cabrioles,
Lors qu'il peut par ses Darioles,
Et par quelques meschans Ratons
Attraper deux ou trois testons.
Et Monsieur le grand Alexandre
N'y fait que monter & descendre,
Sans repos, auec vn grand seau,
Criant par tout, qui veut de l'eau:
A le voir dans cét équipage,
Sans auoir ny Laquais ny Page
Qui n'en seroit pas estonné?
Mais les Iuges l'ont ordonné;
Puis sa charge n'est pas mauuaise
Dans vn païs chaud comme braise,
Où l'on meurt de soif nuict & iour,
Comme qui seroit dans vn four:

Si bien que dans cette misere,
Qui boit vn peu fait bonne chere,
Et l'eau plus sale en vn tel lieu
Vaut mieux qu'icy le beau Coindrieu;
Quoy qu'vn effect si pitoyable
Semble d'abord fort incroyable,
Et choque tout bon Iugement;
Car qui pourroit croire aisément
Qu'vn Philippe, vn Alcibiade,
Vn Themistocle, vn Miltiade,
Vn Lysandre, vn Pelopidas,
Vn Clite, vn Epaminondas,
Vn Demostene, vn Isocrate,
Aristote, Platon, Socrate,
Vn Agesilas, vn Cimon,
Soient tous des fous; vraiment cémon,
Ils auoient trop bonne ceruelle.
On ne croit point cette nouuelle,
Elle est veritable pourtant;
Et cela m'est trop important
De ne point dire de mensonge,
Encor qu'il semble que ie songe,
Ie suis vne Ombre de credit;
Ie l'ay veu, d'autres me l'ont dit,
Que tous ces gens d'experience,
Soit pour la guerre ou la science,
Là bas parmy tant de malheurs
Sont deuenus des Batteleurs.

De

De la troupe de Bellespine
Seruans Pluton & Proserpine,
Pour leur donner du passetemps
Lors qu'ils se trouuent mescontens,
Et chassent leur melancolie,
Par de plaisans tours de folie,
Mesme on m'a dit de ces vieux fous,
Que Platon l'emporte sur tous,
Et qu'il fait de telles merueilles,
Qu'il n'en fut iamais de pareilles:
Mais crois-tu que nos vieux Romains
Ces Farfantes iadis si vains
Soient par quelque bonne auanture
Dans vne plus haute posture?
Non non, ie les ay veus là bas
Malgré tous leurs fameux combats,
Et malgré toutes leurs loüanges
Dans des miseres bien estranges;
I'ay veu nostre grand Fondateur,
Qui fait le grand Operateur
Auec assez mauuaise mine,
Comme dans Paris, Carmeline.
I'ay veu Numa ce fin bigot,
Qui tournant vn mechant gigot
A la broche de Radamante
Disoit la chanson d'Amarante.
Les autres Roys n'y sont pas mieux,
Mesme ce Tarquin odieux,

Qui fut surnommé le Superbe,
Lors qu'il est las de paistre l'herbe,
Va faire le gaigne-petit
Pour contenter son appetit
Auec quelque piece tapée
Dont il aura quelque lippée.
Brute ce pere si brutal
Y fait suiuant l'Arrest fatal,
Vne certaine Theriaque
Pour vn corps hypocondriaque.
Camille y fait le Charlatan
Auec vn autre Oruietan,
Qu'il fait d'vne façon nouuelle,
Et pour Monsieur Polichinelle
On voit Monsieur Coriolan
Qui fait le fin & le galan.
Le grand Scipion va s'esbatre
Auec eux au bout du theatre,
Et chante vn ioly Triolet
A la façon de Iodelet.
On dit que Marius demande
D'estre admis aussi dans leur bande
Auec Sylla son ennemy:
Mais il ne l'est plus qu'à demy,
Car enfin là bas tout s'accorde.
Caton y dance sur la corde,
Mais Seneque veut s'obliger
De vaincre tout à voltiger,

Et faire des ſauts d'importance
Mieux qu'aucun autre ſans iactãce.
Hannibal d'vn autre coſté
Craignant de ſe voir ſurmonté
Pour auoir ſur eux l'auantage
A pris tous les Grands de Cartage
D'vn eſprit encor enuieux
Afin de faire à qui mieux mieux
Pour ſatisfaire Proſerpine,
Pour le moins ie me l'imagine:
Il fait luy meſme Cardelin,
Et le ſieur Magon Triuelin;
Hannon s'eſt mis de la partie
Pour rendre leur troupe aſſortie
Auec le vaillant Aſdrubal
Et tous les parens d'Hannibal.
Ne voila pas vne querelle
Qui ſera ſans doute immortelle?
Ie ne penſe pas que iamais
Ces deux Nations ſoient en Paix.
Mais i'eus ſur tout l'ame occupée
A regarder vn grand Pompée,
Vn Cezar autrefois ſi preux,
Vn Auguſte ſi genereux,
Vn grand Tibere quoy qu'inique,
Vn adorable Germanique,
Vn Galba couronné comme eux,
Vn Veſpaſian ſi fameux

Vn Tite si bon d'ordinaire,
Vn Antonin si debonnaire,
Vn Trajan si bien reuestu
De tant d'ornemens de vertu,
Enfin tant, & de si grands Princes
Possesseurs de tant de Prouinces,
Qui sont là bas tous des Faquins,
Des Belitres, & des Coquins;
Oüy ie rougis de te le dire,
Et i'en pleure bien loin d'en rire,
De ce que là, tout le premier
Pompée est vn autre Cormier,
Cezar tient des Marionnetes,
Auguste vend des Sauonnetes,
Tibere fait le Ramonneur,
Germanique apres tant d'honneur
Est maintenant vn Saltimbanque,
Galba fait valoir vne blanque,
Vespasian les gobelets,
Tite chante des Triolets,
Antonin vend des allumettes,
Et le bon Trajan des gazettes,
Enfin ces Grands en ce quartier
Font chacun quelque vil mestier,
A quoy leur sert donc leur Proüesse,
Leur Renommée, & leur Richesse,
Sinon à les faire enrager
De se voir si fort outrager.

Par

Par des exercices indignes
De leurs noms, & vertus insignes?
Pourquoy donc songes-tu si fort
A t'enrichir auant la mort?
Car apres, toutes tes pistoles
Seront pour toy, choses friuoles,
Et tu n'auras pas chez Pluton
Seulement vn pauure teston.
Pourquoy ruines-tu la France?
Pourquoy tiens-tu dans la souffrance
Tant & tant de pauures François
Qui t'ont maudit cent mille fois?
N'as tu point par tes fourberies
Acquis assez de pierreries,
Et de toute sorte de bien,
Pour n'auoir plus besoin de rien?
Auare, as-tu tousiours l'enuie
De reprendre ta mesme vie,
Pour faire encore le broüillon?
Pourquoy t'amuser à Boüillon?
Ah! que tu fais grande folie
De n'aller point en Italie,
Viure en paix auec tes Loüis,
Dont les tresors sont inoüis!
Quoy! tu veux retourner en France
Pour y viure sans asseurance,
Mais nuict & iour dans le danger
D'estre tué comme Estranger,

Par ceux que tu rends miserables?
Sçais-tu pas que tous tes semblables
Quoy qu'ils eussent l'esprit galand,
Ont tousiours fait mauuaise fin?
Pour moy, cela m'est trop notoire,
Non pas seulement par l'Histoire,
Mais bien pour auoir veu là bas
Des Gens de qui tu suis les pas.
Ouy, i'ay trouué dans la misere
Ce grand Ministre d'Assuere,
Cét Aman jadis si puissant
Qui pensoit perdre vn Innocent;
Mais cét Innocent fut capable
De le perdre luy seul coupable:
Et cét insolent fut pendu
Pour auoir fait trop l'entendu.
I'ay veu là bas bien miserable
Des Fauoris l'Incomparable,
Qui tenoit jadis dans sa main
Tout ce grand Empire Romain,
Et fut dans sa faueur supréme
Plus Maistre que son Maistre méme:
Mais enfin ce Maistre Sejan
Ne fut qu'vn pauure Maistre Iean,
Et l'on vid vn Maistre Guillaume
S'en joüer comme d'vne paume,
Aussi bien que de ses enfans,
Si fort pompeux, & triomphans.

Et l'autre, qui gouuernoit Rome
Sous Honorius ce bon homme?
Cet imperieux de Rufin
Grand comme toy, mais plus fin,
Ne mourut-il pas tout de même,
Dans vne honte & rage extrême?
Mais laissons-là ces vieux Romains,
Pour moy ie m'en laue les mains,
Car il faut en cette occurrence
Te parler François pour la France.
N'as-tu veu iamais en ta vie
Vn certain Esprit suffisant
Appellé Pierre de la Brosse,
Qui triomphoit dans vn carrosse,
Et qui faisoit le grand ahan
Mais quoy qu'il fut grand Chambellan,
Dansa-t'il pas pour penitence
Vn branle au bras d'vne potence,
Et pour estre monté trop haut,
Luy fit on pas faire vn beau saut?
Voy l'Histoire de Louis onze,
Et si tu n'as vn cœur de bronze,
Laisse-toy toucher pour ton bien
A des gens comme toy de rien,
Qui comme toy firent fortune
Par leur auarice importune,
A sçauoir Doriac & le Daim,
Tous deux autrefois à la faim,

Puis Fauoris d'vn grand Monarque,
Mais ayant mal conduit la barque,
Et pour auoir pris comme toy
L'argent des Sujets & du Roy,
Ils receurent suiuant leur crime
Vn supplice bien legitime:
Mais voy de grace vn Cardinal
Qui comme toy fit tant de mal,
C'est pourquoy ce bon Personnage
Fut si long temps dans vne cage,
Mais fort grande cage de fer
Qui valoit vn petit Enfer.
Pour ce Ministre d'importance,
que ie puis nommer sans iactance,
Vn grád homme, ou bien demi-Dieu,
Il estoit né de Richelieu.
Et plus tes qualitez i'espie,
Moins ie te trouue la Copie
D'vn si parfait Original,
quoy qu'aussi tu sois Cardinal.
Tu me parois plustost ce Cancre
qu'on nommoit le Mareschal d'Encre,
Mareschal d'Encre voirement,
Car il fut noir extrémement;
C'est à dire, noir quant à l'ame,
Noir en ses mœurs dignes de blâme:
Pour son corps, qu'il fut blanc ou noir,
Là bas il fait peur à le voir;

Mais

Mais pour sa terre, & pour sa charge
Il fut noir du long, & du large,
Et pour ne nous éloigner point,
Tu luy ressembles en tout point
En païs, en race, en enuie,
En fortune, en toute ta vie,
Et tu fais ton dernier effort
Pour luy ressembler en ta mort,
Au lieu d'en faire apprentissage
Pour deuenir vn peu plus sage
En t'en allant d'icy bien loin
Viure sans peril & sans soin,
Car la Fortune enfin se ioüe
De ces gens tirez de la boüe
Et iamais ne les fait monter,
que pour les faire culbuter.
Mais si faut-il que ie te die
La fin de cette tragedie,
Et que là bas sans fiction
Conchini souffre en Ixion;
Balue y sent la peine fatale
De ce riche & pauure Tantale;
Le Daim mangé d'vn gros vautour,
Fait le vray Titie à son tour;
Doriac y fait le vray Sisiphe
Sur vn autre mont Tenerife.
La Brosse tous les iours rossé
Git estendu dans vn fossé.

Rufin fait en vain le malade
On l'y traite ainsi qu'Encelade,
Et le grand Sejan en Tiphon,
Qui s'en sert comme d'vn bouffon.
Mais pour d'Aman l'ame damnée
Y souffre plus qu'vn Salmonée;
Voila le miserable ieu
De ces gens tous venus de peu.
Iuge ce que tu dois attendre
Par tout ce que tu viens d'entendre,
Apres t'estre noircy comme eux
De tant de crimes si fameux,
Si tu ne vas loin de la France
Faire vne bonne Penitence:
Mais il est temps d'acheuer tout,
Et d'aller iusqu'au dernier bout.
Apres tant de funestes choses,
Apres tant de Metamorphoses,
Tant de si tristes changemens,
De miseres, & de tourmens,
La meilleure de mes visées
Fut d'aller aux Champs Elizées
Voir le pays des Bienheureux
Apres celuy des langoureux.
C'est-là qu'auec mon pauure guide
I'accourois d'vn pas bien rapide
Y croyant entrer tout d'abord;
Mais n'ayant point de passeport

L'on m'arresta loin de la porte
D'où l'on crioit d'vne voix forte
Contre maint, & maint Pelerin,
Loin d'icy, point de Mazarin.
Cela me mit dans vn grand trouble,
Mais mon estonnement fut double
Lors que i'aperceus saint Maigrin
Auec vn visage chagrin,
Qui d'abord me fit grise mine
Comme ayant iuré ma ruine.
Vous voicy, Mignon, me dit-il,
Vrayment ie vous trouue gentil
D'auoir voulu prendre ma place,
quoy! vous auez eu cette audace,
Et vostre beau chien d'Oncle aussi
De vous faire donner ainsi
Vne si belle, & bonne charge.
En mesme temps il me descharge,
Vn grand soufflet, ou coup de poin,
Où l'vn de deux dessus le groin,
Ie cherche aussi-tost mon espée,
Mais ma douleur se void trompée,
Et ie ne trouue rien sur moy
Pour me vanger dans cet esmoy;
Mais tandis que ie m'y prepare.
Du monde vient qui nous separe,
C'estoit de ces pauures François
Dont il mourut tant à la fois

A cette effroyable Bataille
Du sot Papier contre la Paille
O Dieux! que ce iour rigoureux
Fut pour moy triste & malheureux;
Lors qu'vn Coup me ietta par terre.
Maudit combat, maudite guerre
Qui me causa si tost la mort,
Et finit mon illustre sort.
Ce fut pour monstrer mon courage.
Et pour estre aymé dauantage
De mon cher Maistre de mon Roy;
Ou plustost à cause de Toy,
Et pour t'acquerir plus d'estime
Auec ma gloire legitime,
Que ie cherchay, Sot que ie fus,
Les hazards d'vn iour si confus,
Où dans la flamme & la fumée
D'vne si resolue armée,
Mon coup d'essay ne manqua pas
D'estre le coup de mon trespas.
Et ce fut ainsi que la vie
Auant le temps me fut rauie,
Ainsi tout fut pour moy finy,
Adieu le pauure Mancini.
Adieu la France, Adieu le monde,
Adieu ma faueur sans seconde,
Adieu la Reine, Adieu le Roy,
Adieu tout, ce fut fait de moy,

Ie

Ie perdis tout pour ton seruice ;
Qu'au Diable soit ton auarice
Insatiable passion,
Et ta maudite ambition,
Qui sont sans doute l'origine,
Et la cause de ma ruine.
Tu faisois ton compte au Conseil
Que c'estoit le iour sans pareil
Ou le Mareschal de Turene
Deuoit sans peril & sans peine
Perdre le Prince de Condé
De peu de gens lors secondé,
Et dans cette belle auanture
Le defaire à plate Cousture :
Mais au lieu d'vn si vain espoir,
Ne deuois tu pas plustost voir,
Et croire qu'il est impossible
De vaincre ce Prince inuincible,
Qu'il a trop d'adresse & de cœur
Pour n'estre pas tousiours vainqueur,
Et qu'il fait plus que des merueilles
En des occasions pareilles ?
Tu pensois en ce grand effort
Rester à la fin le plus fort,
Et punir les gens de la ville :
Mais il ta falu faire gille,
Quoy que ce ne soit qu'vn semblant
Pour mieux sauter en reculant,

Et pour rentrer bien-tost en France
Lors d'vne meilleure occurrence;
Car tu sçais icy nuit & iour
Tout ce qui se passe à la Cour,
Et pour t'apporter la Gazete
Maint Courrier pique la Mazete;
Mais va t'en faire le Matois
A d'autres gens qu'à des François,
Tes Conseils leur sont trop nuisibles,
Et tes finesses trop visibles,
Tes Rouzes n'auront iamais lieu,
Tu ferois mieux de dire adieu,
Mais adieu pour toute ta vie,
Et changer desormais d'enuie,
Chacun iusqu'au cœur te connoit,
Condé sçait plus au bout d'vn doit
Que Iules en toute sa teste,
Et tu n'as qu'vn esprit de beste
Au pris de cét esprit si fin,
Plus éclairé qu'vn Seraphin.
Iules que penses-tu donc faire
Contre vn si subtil aduersaire?
Croy moy laisse là tout party,
Et puis que te voila sorty,
Hors de la Cour, & de la France,
Si tu veux viure en asseurance,
Si tu veux vne bonne Paix
Qui te rende heureux desormais,

Ne regarde plus en arriere,
Va iusqu'au bout de la carriere,
Va, sans tarder, plus loin qu'icy,
Sans te mettre plus en soucy,
Ny de Gautier, ny de Garguille,
De Paris, ny de la Bastille,
Sans y songer en bien ny mal,
Sans faire que le Cardinal,
Et non iamais le grand Ministre,
Car cét employ t'est trop sinistre,
Sans te mesler d'aucun Estat,
D'aucun Prince, ny Potentat,
De la France, ny de l'Espagne,
Sans sçauoir qui perd, ny qui gagne:
Mais songe seulement à Toy
Pour estre plus heureux qu'vn Roy.
Va t'en si tu veux à Venise,
Où tu viuras auec franchise,
Où de ton si grand Reuenu
Tu seras mieux entretenu
Que n'est pas le Pape dans Rome,
Où tu passeras pour grand homme,
Et pour noble Venitien
Auec ta pourpre & ton grand bien,
Car c'est le bien qui tout atrape,
Tu peux toy-mesme estre vn iour Pape,
Que sçait-on? l'or a grand credit,
Et Mingaud l'a-t'il pas predit?

Mais ses Predictions si vaines
Semblent estre fort incertaines,
On ne les croit pas volontiers
S'il n'en respond par vn bon tiers,
Et de sa main vn Horoscope
Est moins qu'vne Fable d'Esope,
Ou qu'vn conte fait à plaisir
Par vn esprit de grand loisir,
Et de petite experience
En vne si haute science,
Dont les Docteurs plus clairs voyãs
Sont des aueugles begueyans:
Mais reuenons à nostre affaire,
Qui t'est a present necessaire,
Suy, de grace, mes bons aduis
Ils meritent d'estre suiuis,
Ie veux ton bien, non ton dõmage,
Ie parle pour ton aduantage,
Et ne dis rien qu'en bon Neueu
Apres tant de mal que i'ay veu,
Sers t'en, si tu veux, pour toy méme,
Mais ton visage deuient blesme,
Adieu l'Oncle, touche la main,
Ie reuiendray te voir demain.

FIN.

www.ingramcontent.com/pod-product-compliance
Ingram Content Group UK Ltd.
Pitfield, Milton Keynes, MK11 3LW, UK
UKHW012303240726
13966UKWH00004B/1605

9 782013 077033